# LES TROIS SOURCES

DE

# SAINT-GALMIER,

PAR

## Le Docteur MUNARET,

Membre de plusieurs Académies, etc.

—◦◦◦—

## TROISIÈME ÉDITION.

✳

LYON

IMPRIMERIE DE MOUGIN - RUSAND,

Rue Centrale, 67.

1851.

# LES TROIS SOURCES

DE

# SAINT-GALMIER

PAR

## Le Docteur MUNARET,

Membre de plusieurs Académies, etc.

---

TROISIÈME ÉDITION.

LYON,

IMPRIMERIE DE MOUGIN - RUSAND,

Rue Centrale, 67.

1851.

La proximité de Saint-Etienne, de Lyon et de Montbrison, avec les Eaux de Saint-Galmier, permet aux habitants de ces trois cités populeuses de s'en procureur avec facilité et à peu de frais. Ces Eaux, mêlées avec le vin dont on fait usage, activent singulièrement la digestion et forment une boisson très-agréable.

Pour se procurer des eaux gazeuses de la source BADOIT, aussi raîches et aussi naturelles que possible, il faut s'adresser à Saint-Galmier, à leur propriétaire, M. BADOIT. On en trouvé également à ses dépôts indiqués pages 27, 28 et suivantes.

Ces Eaux sont expédiées telles qu'elles sont prises à la source, sans avoir subi aucune préparation.

Chaque bouteille devra porter sur le cachet le nom de M. LADEVEZE, médecin-inspecteur des Eaux.

Le nom de M. BADOIT, propriétaire de la source, devra aussi se trouver en dessous du bouchon.

# LES TROIS SOURCES

# DE SAINT-GALMIER.

O fons Blandusiæ, splendidior vitro ,
Dulci digne mero......
HORACE.

Les eaux minérales sont à la mode. — Il y a vingt ans, ce remède-plaisir n'était qu'à la portée du riche podagre et de la petite maîtresse vaporeuse ; — aujourd'hui, votre portier, s'il souffre ou s'il s'ennuie, veut et peut *aller aux eaux ;* — chacun de nous espère y trouver de la santé, de la force, de la jeunesse, du repos, des distractions, enfin un soulagement quelconque aux maladies du corps, aux peines de l'âme et aux agitations sociales.

L'utilité des eaux minérales est désormais incontestable ; — mais laquelle, de deux rivales appartenant à la même famille, saline ou sulfureuse, froide ou chaude, mérite la préférence ? — C'est au public qu'il appartient de décider une semblable question ; — on se trouve bien ou mal dans tel ou tel établissement, — on y guérit ou on n'y guérit pas, c'est la loi et les prophètes.

Cette rivalité ira croissante;—chaque département veut posséder une piscine, et l'industrie, avec la baguette de l'abbé Paramel, découvre de nouvelles sources, et plus *abondantes* et plus *riches* que les anciennes.—A l'appui, je citerai Saint-Galmier et ses trois sources.

L'année dernière, dans les derniers jours du mois d'avril, je rencontrai, à Lyon, le fermier des eaux de Saint-Galmier, M. Badoit, excellent homme, qui me parut plus soucieux que ne le permettait la jovialité de son caractère. — J'avais sa confiance, il avait tout mon intérêt, et bien vite j'appris que la concurrence, cette mauvaise fée des temps modernes, s'était installée sur les bords de la Coise, pour troubler la limpidité de ses eaux. — En effet, une seconde source avait été découverte à côté de l'ancienne Fontfort; une troisième venait de sourdre du même rocher; et pour la faire connaître, M. Badoit, son propriétaire, était venu à Lyon, arsenal des affiches, des annonces et des réclames. — Enfin, lui dis-je, vous n'avez été que menacé dans vos intérêts, et puisque vous avez à présent une source de consolation, il faut y boire... — Ou plutôt y faire boire le public, me répondit-il, et pour cela, docteur, vous pourriez me rendre un important service... — Lequel? — Faire une promenade à Saint-Galmier, déguster des trois sources, et me permettre de publier... — Mes impressions, n'est-ce pas? — J'allais vous le dire. — Pour deux motifs, je refuse, mon cher M. Badoit, je ne veux pas qu'Alexandre Dumas m'intente un procès en contrefaçon; en second lieu, le public attrapé ne croit plus aux *impressions*, et quand j'écris, je veux être cru. — Venez toujours, ajouta-t-il; n'avez-vous pas une petite dette à régler avec Saint-Galmier?

Cette réflexion me gagna: — En effet, je ne digère, pendant les grandes chaleurs, qu'avec l'aide de son eau bienfaisante et apéritive ; je serrai la main de mon interlocuteur, et avant de nous séparer, le départ fut fixé.

De Lyon à Saint-Galmier, deux chemins, — la route assez pittoresque de Montbrison, pardessus les montagnes d'Izeron et de Duerne, et le chemin de fer de Saint-Etienne.

Le touriste sacrifie au dieu des Athéniens, l'inconnu, — j'optai donc pour le chemin de fer que je ne connaissais pas.

Deux jours après, nous entrions dans le lourd omnibus qui transporte les voyageurs au débarcadère de Perrache. — Le ciel était bleu, l'air tiède, printanier ; — la journée sera belle, me disais-je, comme je vais en profiter ! — Mais le moyen de voir, d'observer, dans un wagon, *robe d'hiver, robe d'été !* Pourquoi nous priver de voitures découvertes ? — Est-ce incurie de l'administration, ou mesure de prudence à cause des nombreux percements de la ligne ? — J'en étais là de mes décevantes réflexions, quand une nuit profonde vint m'avertir que nous traversions le premier *tunnel*, celui de la Mulatière, long de 400 mètres ; — le jour nous revint plus resplendissant et aussi prompt que celui d'une rampe de théâtre... Je m'emparai d'une portière.

A gauche, c'est le Rhône, qui descend rapide comme notre locomotive ; et par-delà le fleuve, le Dauphiné, les Alpes. — A droite, le joli village d'Oullins, — Saint-Genis qui me rappelle l'exil d'un pape et d'un roi ; — Irigny, dont le télégraphe semble agiter ses deux grands bras pour nous souhaiter un bon voyage ; — Vernaison ceint de pampres comme une bacchante, — et Grigny, gracieusement accoudé sur la dernière ondulation de la colline.

A toutes ces cheminées d'usine qui fument, j'ai reconnu

Givors, — halte au débarcadère. — Si je pouvais aller serrer la main d'un ami ! — Impossible, crie-t-on, en voiture ! — et nous voilà lancés, à toute vapeur, dans l'étroite, sinueuse et aride vallée du Gier, nous disparaissons sous un tunnel qui a mille mètres de longueur.

Bon Dieu ! quel site aride et désolé ! quelle ville noire et morne que Rive-de-Gier ! — Rien que des fours à coke, des forges, des verreries, des puits d'extraction de houille, de longues et hautes cheminées ; — je me crois, un moment, dans un cimetière égyptien, entouré d'obélisques...

Enfin, le paysage s'agrandit, se colore, se déride. — Voici la petite ville de Saint-Chamond ; si animée, hier, avec ses fabriques de lacets et ses moulins à soie, et qu'on dirait endormie maintenant au fond d'une riante vallée, hamac magnifique, gris et vert.

C'est le long du ruisseau qui traverse cette ville, que Bernard de Jussieu rencontre, pour la première fois, les empreintes de plantes renfermées dans les schistes de terrain houiller sur lequel nous voyageons, qui commence à Rive-de-Gier et se prolonge en amont de Saint-Étienne : — le *bassin houiller de la Loire* est le plus riche de France.

Voilà de tes miracles, ô industrie ! — ce morceau de charbon, extrait de la terre, combiné avec une étincelle de feu et un peu d'eau, produit la vapeur, l'étonnante vapeur, qui lance et emporte dans l'espace ce convoi de trente wagons, avec une vitesse de trente kilomètres à l'heure ! — J'allais avancer la tête pour jouir de ce spectacle, toujours nouveau pour moi : « Prenez garde, me dit mon voisin, nous approchons de Terre-Noire. » — C'est le souterrain le plus long de Lyon à Saint-Étienne, — 1,500 mètres ! — Il forme le passage du versant de la Méditerranée, par le Rhône, le Gier et le Janon, à celui de l'Océan, par le Furens et la Loire.

A travers de grandes tranchées et sur de grands remblais, nous arrivons au port sec de Saint-Etienne.

— Ouf ! permettez-moi de descendre, conducteur ; je désire voir la patrie de mon ami Janin et de mon fusil de chasse.

— C'est encore impossible, monsieur, — à moins de prendre l'omnibus ; — Saint-Etienne est là-bas, dans ce vallon brumeux, au pied du Pilat.

En effet, au Pont-de-l'Ane, notre voiture, à la destination de Roanne, se sépara du convoi de Saint-Etienne, et arrivée au hameau de la Terrasse, où se trouve l'embarcadère, il nous fut permis de descendre. Je descendis.

En cet endroit, le bassin houiller présente son plus bel évasement ; les collines qui l'enceignent sont plus vertes, plus boisées ; çà et là des maisons de campagne plus somptueuses qu'élégantes.

M. Badoit, quel est ce village, à notre droite, perché si pittoresquement sur ce grand cône ?

— Saint-Priest.

— Les minéralogistes s'arrêtent pour étudier sa base gigantesque, aussi vieille que le monde, masse de quartz ou pétrosilex plus ou moins calcédonien...

— Pardon, cher docteur, il ne faut pas que le pétrosilex vous fasse oublier que les places d'impériale sont à présent disponibles et recherchées. Ne vous arrêtez pas... montons !

Nous sommes sur le premier chemin de fer qui ait été construit en France, — celui de Saint-Etienne à la Loire, il n'y a qu'une voie, ses courbes sont défectueuses, — n'importe, notre diligence, dont on vient de lever les freins, se met en mouvement, reprend sa course rapide, sans autre moteur que la pente du terrain qu'elle par-

court, et s'enfonce dans les méandres délicieusement accidentés du Furens...

Je n'ai pas vu en Suisse et dans les Pyrénées, un vallon
plus frais, plus agreste... Cette heure passée sur l'impériale a été bien courte ! — Déjà le vieux bourg de la
Fouillouse où l'on fabriquait les arbalètes aux XIᵉ et XIIᵉ
siècles ; — déjà l'embranchement de Roanne avec André-
zieux.

Une locomotive nous attendait pour nous remorquer,
car la rampe est rapide, mais elle est courte.

Nous entrons dans la vaste et fertile plaine du Forez ;
le point de vue est magnifique... — Du haut de mon bel-
véder roulant, je vois la Loire aux flots paisibles et argen-
tés, je pourrais compter les manoirs, les métairies, les
villages, les étangs... — A gauche, cette chaîne de montagnes violettes sépare le Forez de l'Auvergne ; — à
droite, des côteaux riants et bien cultivés, les bois historiques de la Fouillouse, le riant village de Saint-Bonnet ;
plus loin, celui de Champbœuf, dont le clocher rustique
fait silhouette sur le bleu du ciel. — Tous ces côteaux
forment un vaste hémicycle, au milieu duquel est assise la
petite ville de Saint-Galmier, but de ma promenade.

Ses vieilles maisons, étagées les unes sur les autres,
sur le versant d'un môle ; — dans les interstices, ses jardins et ses blanches terrasses, — me rappellent Alger. —
C'est, en effet, la même situation topographique ; seulement au lieu de la mer, la plaine ; — mais cette plaine
du Forez fut, dit-on, un vaste lac. — Je maintiens ma
comparaison.

Quoi qu'il en soit, l'aspect de Saint-Galmier est char-
mant ; son exposition est des plus hygiéniques, — sud

et sud-ouest ; — on l'aime à première vue : c'est un paysage sympathique......

A la station de Saint-Galmier, un cabriolet nous attendait, et nous emporta bien vite à l'hôtel des eaux. — La distance du chemin de fer à la ville est de trois kilomètres environ ; pendant la belle saison, un service d'omnibus, organisé par M. Badoit, fait ce trajet à chaque passage des diligences.

D'après quelques traditions historiques, Lepidus et Plancus commandaient dans les Gaules lorsque des vétérans de la 12e légion, stationnés à Feurs (*Forum Segusianorum*), découvrirent, en remontant la rivière de la Coise, la source dite Fontfort, goûtèrent de ses eaux, et furent étonnés de leur goût piquant et agréable. Plusieurs d'entre eux fixèrent leur séjour dans le voisinage de cette source, invités par la bonté de ses eaux et la beauté du site.—Une bourgade s'éleva peu à peu sur le monticule, reçut et conserva le nom d'*Aquæ Segestæ* jusqu'au septième siècle ; — à cette époque (650), elle choisit pour son patron un de ses enfants, le diacre *Galdimerus*, d'où Saint-Galmier *(Urbs sancti Galdimeri).*

A l'appui de son antique origine, la ville de Saint-Galmier possède des vestiges de construction romaine :— un pont d'une seule arche, aussi hardie que pittoresque, jeté sur la Coise ,— et plusieurs piscines en terre cuite, découvertes dans le clos *Forissier,* à côté des sources mêmes.—L'indifférence privée ne les livre pas à la curiosité des étrangers : c'est bien regrettable... Ces certificats d'origine, pour les eaux de Saint-Galmier, vaudraient autant que les rapports d'une Académie.

J'ai visité l'intérieur de la ville; la plupart des rues sont étroites, tellement contournées et en pente, que les voitures ne peuvent presque pas y circuler.

Un peintre pourrait dire : C'est pittoresque !— Malheureusement, le pittoresque n'est pas ce qui plaît et attire la majorité des buveurs ; ils estiment, par-dessus tout, le bien-être, le comfort de la vie, selon toutes les exigences permises à la fortune de chacun ; — mais je me hâte d'ajouter que les hôtels qui leur sont spécialement destinés sont au bas du monticule, sur les bords ombreux de la Coise, à la proximité des sources et d'une belle promenade.

Saint-Galmier est le chef-lieu d'un des plus riches cantons du département de la Loire, à 60 kilomètres de Lyon, 20 de Montbrison et 18 de Saint-Etienne. — La population est de 3,000 habitants environ ; on les dit très-affables, d'un commerce facile, et je me plais d'ajouter que leur réputation est de bon aloi.

Les deux principales ressources de cette ville sont des marchés très-importants, — et les eaux minérales dont l'exportation devient de plus en plus considérable.—Ainsi, la moyenne actuelle des malades qui se renouvelle pendant la saison est de six cents environ, et d'après mes calculs approximatifs, on doit puiser, pour le dehors, dix mille bouteilles par jour.

Je dois signaler à l'admiration des étrangers qui visiteront Saint-Galmier sa belle manufacture de vitraux peints; —ses ateliers ont été construits et agencés d'une façon si grandiose, qu'on peut y peindre les plus grandes fenêtres de cathédrale, presque d'une seule pièce. — M. Mauvernet, l'un des fondateurs-directeurs, a perfectionné les procédés anciens et inventé des émaux, dont la transparence, la solidité et l'éclat sont remarquables et remarqués dans toutes nos expositions. Je suis encore sous le charme des peintures et dessins, inspirés des grands maîtres et

modifiés avec l'eurythmie qui distingue l'art chrétien mo-
derne, que les chefs de cet établissement s'empressèrent
de me montrer.

Saint - Galmier possède un petit hospice desservi par
quelques bonnes sœurs de Saint-Charles. — En hiver, il
abrite les vieillards et les chauffe, et ses quinze lits sont
à la disposition des pauvres malades de tout âge pendant le reste de l'année. — De l'extrémité de la galerie
couverte qui règne au pourtour de la façade, le pano-
rama est admirable : l'œil peut plonger jusqu'à Feurs et
Montbrison.

Une assez belle église, bâtie au quinzième siècle, sans
architecture extérieure, occupe le point le plus culminant
du monticule. Je recommande à l'attention des connais-
seurs un petit chef-d'œuvre : c'est un autel votif à la
Sainte-Vierge, fait d'un seul bloc de pierre de liais, orné
de modules, de frises et d'arabesques du plus beau fini.
On l'a doré, c'est dommage !

A présent, cher lecteur, descendons de la ville et visi-
tons les sources : *Hìc, gelidi fontes.*

La première, je l'ai déjà dit, a reçu le nom de *Fontfort.*
Par qui ? — Je l'ignore. — Pourquoi ? — Janus Cæcilius
Grey va nous l'apprendre : *In Coisum fluviolum Fori Segusianorum, influit exigui fontis aqua, ob mira quæ-
dam dicta* FONS FORTIS, *primùm enim si in sextorium
vini effundas quartam hujus aquæ partem, minimè di-
latum censebitur vinum.*

Traduction libre : « L'eau de la Fontfort vaut du petit
vin. »

Papire Masson parle aussi de la Fontfort dans son
*Traité des Fleuves de la France,* et en signale la même
propriété, étonnante à une époque où la chimie ne pouvait
pas encore l'expliquer.

Le savant Raulin, dans un *Traité-analytique des eaux minérales*, et Richard de la Prade, dans son *Analyse des Eaux minerales du Forez*, les mentionnent avec plus de détails scientifiques. —M. le docteur Ladevèze, médecin-inspecteur, a publié, en 1823, une notice sur les eaux de Saint-Galmier, dans laquelle il a su faire apprécier, avec le tac d'un praticien habile et la plume d'un littérateur facile et même élégant, — les propriétés médicales de cette eau et les beautés du pays.

Un pavillon octogone recouvre le puits ancien , dont les parois sont revêtues d'une maçonnerie en briques, enduites d'un ciment très dur, analogue à celui dont les Romains faisaient usage dans la construction de leurs aqueducs ; —une galerie demi-circulaire , en contre-bas du sol, a été pratiquée pour faciliter l'usage de deux robinets.

A droite et à côté du pavillon, à la même distance de la Coise,—des suintements depuis longtemps remarqués dans les caves d'un cabaret provoquèrent des fouilles en 1843, et l'eau, la même eau jaillit...—Un pharmacien de Lyon, M. André, en obtint la concession en 1848, et l'exploite aujourd'hui.

M. Badoit était fermier de la source Fontfort depuis 1837 ; auparavant le prix de ferme n'était que de quelques centaines de francs ; il en offrit à la ville trois mille , et l'obtint.—Bien convaincu de l'excellence de cette eau minérale et de la nécessité de la faire connaître autant qu'elle le méritait, cet habile industriel risqua des frais considérables pour l'exploiter plus convenablement , embellir les alentours de la fontaine, et lui donner la plus grande publicité possible.—Pendant plusieurs années tant de dépenses excédèrent le produit, sans le déconcerter,—

et ce fut au moment qu'il allait se récupérer de toutes ses avances, — profiter de son activité rare, — et de la réputation extra-européenne acquise par lui aux eaux de Saint-Galmier, —'que la concurrence arriva.

Mais (passez-moi ce proverbe) : A bon chat bon rat , M. Badoit acheta une parcelle de terrain attenant au cabaret qui cachait la source André , — fit creuser et découvrit une troisième source d'eau, physiquement et chimiquement identique aux deux premières.

Il y a cependant entre elles une différence pétralogique très importante à signaler. — Cette dernière source , comme les deux autres , jaillit du granit porphyroïde ancien, dont est composé , en grandes masses, le cône de Saint-Galmier ; mais près de la Coise, à l'endroit même des sources, ce granit est plus ou moins traversé par des filons de pegmatite, de granit à grain fin, de minette et de quartz hyalin laiteux ou corné gélatiniforme. — Or , le puits Badoit, par une exception toute accidentelle, a été creusé dans un filon de granit porphyroïde presque isolé ; il a été plus dur à percer ; mais il sera exempt de fissures et de gouttières, dont celui de la Fontfort, par exemple , est déjà menacé, et l'on peut compter sur l'inaltérabilité indéfinie de son eau (1).

— Eh bien ! me demanda M. Badoit, — après ma visite aux trois sources, —qu'en pensez-vous ?

— Trois robinets au même tonneau.

— Cependant docteur, la source André passe pour être

---

(1) Il est très-probable que d'autres fouilles, dans le voisinage de la source Fonfort, eussent été couronnées du même succès ; — ces fouilles furent commencées et interrompues sans doute après la promulgation du dernier décret de la République, relatif à l'exploitation des eaux minérales.

plus gazeuse que la Fontfort, et la mienne, vous n'en rirez pas, l'est davantage que les deux autres.

— Et moi, j'ose vous soutenir, trop candide propriétaire, que la source André est plus gazeuse que la vôtre... mais seulement dans les prospectus.—M. Ladevèze a écrit et vient de me répéter que la quantité de gaz acide carbonique varie, presque tous les jours, sous la moindre influence atmosphérique, dans toutes vos sources.

— Cependant la Fontfort est intermittente et les deux nouvelles sources sont continues ?

— Parce que leurs puits, le vôtre surtout, sont plus profonds que l'ancien.

— Cependant ma source est plus achalandée que les autres ; les habitants de Saint-Galmier viennent préférablement y boire : ceci est de notoriété publique.

— Parbleu ! je le crois bien, les habitants de Saint-Galmier savent que vous avez passé plusieurs jours et même plusieurs nuits, au fond de votre puits, avec un ingénieur des mines, M. Grosrenaud, afin d'isoler, le plus complètement possible, l'eau gazeuse de celle qui ne l'était pas ; — tandis que M. André, pressé d'en finir avec son puits, par la peur d'une opposition de la part de la ville, a omis cette importante précaution.—C'est ainsi, mon cher monsieur Badoit, qu'entre deux vignerons qui recueillent le même crû, le public achète préférablement le vin le mieux conditionné, et il a raison.

D'où je conclus : 1° que les prospectus sont menteurs de profession ; —2° que l'eau minérale de Saint-Galmier est *une* et *indivisible*, comme devrait l'être notre république ; —3° que les analyses chimiques, même celles de M. O. Henry (de l'Académie de Médecine), ne prouvent pas que la source André, par exemple, est plus riche que la vôtre, pour quelques milligrammes de sel ou quelques bulles de gaz en plus (1), au moment de l'opération; — 4° qu'enfin la concurrence, la vente au rabais (2), n'est pas à craindre, — si vous persévérez dans l'intention de conserver la confiance publique, en soignant votre *embouteillage* comme par le passé.

Les buveurs ne tarderont pas à reconnaître, par comparaison, qu'une eau minérale gazeuse veut être le plus hermétiquement close pour être conservée longtemps et intègre. — Bouchez donc toujours bien, M. Badoit, et l'on vous débouchera...

Cela dit, nous nous quittâmes, M. Badoit, pour ses affaires, et moi, cher lecteur, pour compléter votre connaissance avec l'eau de Saint-Galmier.

Cette eau a été classée dans les acidules gazeuses; — après l'eau de Seltz, elle est la plus connue, et je le dis par anticipation, elle obtiendra la préférence sur toutes les autres.

D'après le rapport de M. O. Henry, elle est froide, très-limpide, d'une saveur acidulée, fraîche, fort agréable; — elle se conserve aisément sans altération; — exposée à l'air, elle dégage peu à peu des bulles de gaz acide carbonique, et, au bout de quelques jours, il se forme à sa surface une croûte cristalline de carbonate de chaux, qui

---

(1) M. O. Henry a terminé son rapport par les conclusions suivantes : « Cette eau (la source Badoit) DOIT PROVENIR DE LA MÊME « NAPPE ORIGINELLE ET POSSÉDER LES MÊMES PROPRIÉTÉS MÉDI- « CALES. »

(2) Cette baisse du prix ancien a obligé son auteur à des économies déplorables; — ses bouchons sont moins longs, le liége moins fin, et il a remplacé le goudron par une capsule métallique.

se précipite bientôt au fond des vases. — Soumise à l'action de la chaleur, l'eau de Saint-Galmier fournit assez promptement une grande quantité d'acide carbonique, et se trouble alors beaucoup en laissant apercevoir, au milieu du dépôt blanc formé, quelques petits flocons ocracés très-légers; à la source, le gaze acide carbonique vient crever, en bulles plus ou moins grosses, à la surface de l'eau du bassin, etc.

Mêlée au vin, l'eau de Saint-Galmier affaiblit moins sa saveur que l'eau commune; lorsque ce mélange avec le vin rouge a séjourné pendant quelque temps à l'air libre, sa couleur devient plus foncée et se nuance en violet.

L'eau minérale de Saint-Galmier jouit d'une double action, — médicamenteuse et hygiénique. — Je vais la faire connaître séparément.

Comme médicament, la célébrité de cette eau est immémoriale dans le Forez : — « Depuis plus de cent soixante ans que la médecine est pratiquée à Saint-Galmier par ma famille, a écrit le docteur Ladevèze, toujours les salutaires effets des eaux de la Fontfort ont été remarqués et leur action soigneusement étudiée. »

En général, les thermiâtres préconisent, avec un enthousiasme trop intéressé, les eaux qu'ils administrent ; — mon confrère de Saint-Galmier a été plus sage dans son appréciation : — « Les eaux de Saint-Galmier, dit-il, ne conviennent pas à toutes les maladies, à tous les tempéraments ; elles doivent être rigoureusement défendues aux constitutions nerveuses et irritables, et aux malades qui sont frappés de la phthisie pulmonaire, ou de phlegmasies aiguës. »

Les maladies, pour la guérison desquelles l'eau de Saint-Galmier a fait ses preuves, sont les inflammations si fréquentes de l'estomac et des intestins, surtout lorsque ces inflammations n'ont pas encore atteint ou ont franchi la période aiguë.

Les vomissements spasmodiques, — la boulimie, — le pica, — le pyrosis, — la dyspepsie , — la diarrhée sans réaction;—toutes ces manières d'être de la gastro-entérite chronique, réclament l'usage rationnel de la même eau et guérissent avec un *merveilleux succès* , en leur donnant pour adjuvants l'exercice et un régime convenables.

« Jamais de mémoire d'homme ( je me plais à citer le docteur Ladevèze), on n'a vu d'habitants de Saint Galmier souffrir de la présence d'une pierre dans la vessie; jamais aucun d'eux n'a été dans la nécessité de se soumettre à l'opération de la pierre; ils doivent cet avantage à l'usage quotidien qu'ils font de leurs eaux minérales, le meilleur, le moins irritant des diurétiques. »

D'après l'indication de cette précieuse propriété thérapeutique, que j'attribue à la présence du nitrate de magnésie , associé à plusieurs bi-carbonates terreux et alcalins, j'ai conseillé à plusieurs de mes clients affectés de gravelle ou de catarrhe de la vessie, l'usage méthodique et prolongé de l'eau de Saint-Galmier,— et j'atteste qu'ils ont été guéris ou notablement soulagés.

La chlorose, la leucorrhée et la plupart des dérangements menstruels s'acharnent plus que jamais à tourmenter nos dames de la ville , parce qu'elles mènent une vie trop sédentaire ou qu'elles abusent de la civilisation ; — pour en obtenir la guérison , il faut indispensablement que leurs intéressantes victimes prennent la peine de faire une longue visite aux Naïades de la Coise.

Plus souvent qu'on ne le croit, — une éruption dartreuse est la conséquence d'une inflammation chronique des viscères , négligée ou méconnue. — Tisane , rob et sirop dépuratifs , sulfureux et alcalins , rien ne peut en triompher.— Le mal augmente ou augmentera, si, au lieu de ces remèdes incendiaires, vous n'éteignez pas le feu intérieur et latent, dans des flots d'eau de Saint-Galmier. — Le docteur Ladevèze explique de cette manière un grand nombre de guérisons de dartres, et son explication sera comprise par tous les praticiens qui réfléchissent beaucoup et droguent peu.

La majeure partie des médecins de Lyon et de Saint-Etienne connaissent ces eaux, les apprécient et les prescrivent, avec un incontestable succès. — Je pourrais transcrire, à l'appui, une assez riche collection de certificats, mais un seul les représentera par l'ancienneté de sa date et l'autorité-pratique du signataire.

Le docteur Viricel envoie depuis bientôt un demi-siècle, des malades à Saint-Galmier; — En 1820, le Conseil municipal de cette ville, pour lui en témoigner sa reconnaissance, lui offrit le titre et les fonctions d'*Intendant inspecteur* des eaux de la Fontfort. — Il n'y avait pas compatibilité entre ces fonctions et la clientèle du célèbre praticien ; dans sa réponse, il en témoigna ses regrets et formula les indications et les contre-indications des eaux minérales de Saint-Galmier, avec un tact vraiment magistral;—trente années d'expérience médicale confirment les quelques lignes suivantes :

« Les eaux de la Fontfort sont TRÈS-utiles dans différentes maladies, mais elles sont aussi très-nuisibles quand elles sont prises à contre-temps. Il importe, pour leur donner la réputation qu'elles méritent de nommer un médecin qui ne les laisse prendre qu'avec connaissance de cause et qui empêche à la masse des buveurs d'en faire un faux usage.

« Dans toutes les maladies où il y a faiblesse des paren-

chymes d'organes, je leur ai vu faire des MIRACLES; dans
toutes celles qui dépendent d'une turgescence des vais-
seaux du bas ventre, elles produisent des effets non moins
satisfaisants. — Elles ne sauraient convenir dans les cas
d'accélération de la circulation générale, d'éréthisme des
organes pulmonaires et chez les malades dont le sang
possède une force de *cohésion* très-grande, comme les
goutteux (1). »

L'action hygiénique et même prophylactique de l'eau
de Saint-Galmier, n'a été qu'indiquée jusqu'à présent;
— elle mérite quelques développements pour fixer l'attention publique sur tous les avantages qu'on peut en atten-
dre, comme boisson.

» Les eaux gazeuzes sont de puissants auxiliaires de la
digestion, a dit Raspail, et nul besoin d'éructation ne sui-
vant cette considérable ingestion du gaz acide carbonique,
on peut conclure que ce gaz est absorbé par l'estomac. »

. Un autre chimiste, trop tôt enlevé à la science et à
l'amitié, A. Dupasquier, précisa et, pour ainsi dire, loca-
lisa cette question, en ajoutant : « L'eau minérale de Saint-
Galmier, mise en bouteille telle qu'elle coule à la source
et sans aucune addition artificielle, est une excellente
boisson, propre à entretenir les forces digestives pendant
les temps de chaleur. Beaucoup de personnes qui ne peuvent supporter l'eau gazeuse, font usage d'eau de Saint-
Galmier sans en éprouver la moindre incommodité ; c'est

---

(1) Ce fut M. Badoit, père du propriétaire d'une des trois sources
de Saint-Galmier, — leur propagateur si intelligent, — qui fut choisi
par le conseil municipal de cette ville, dont il faisait partie, pour
transmettre l'expression de ses sentiments au Doyen actuel de la
médecine lyonnaise.

Cette coïncidence mérite d'être signalée ; — elle est honorable
pour le père et le fils : *Uno avulso non deficit alter.*

aussi pour cette raison que plusieurs médecins la prescrivent de préférence à l'eau de Seltz, dans les maladies où celle-ci est recommandée.

Vous ne comprenez pas assez, gens du monde, tout ce que vaut l'estomac, — ce laboratoire mystérieux où les substances de plusieurs règnes se décomposent, tous les jours, pour s'assimiler à votre sang, à votre chair, à vous-mêmes....

Vous ne le comprenez pas mieux, ô vous que le plaisir quitte trop tôt et qui n'avez plus que les consolations de la table, — parce que vous abusez du plus précieux de vos organes, en mangeant trop ou en mangeant mal.

Croyez-moi, il n'y a pas d'estomac si robuste, si capace, dont les parois en caout-chouc se distendent à l'arrivée de tout ce que son propriétaire ose lui envoyer, qui ne finisse par se fatiguer. — L'appétit vous quitte; —bagatelle, dit un commensal de café, prenez un verre d'eau blanche, de vermouth ou de madère. — L'appétit ne revient pas, c'est trop peu pour en entretenir votre docteur, et un pharmacien vous vend quelques grains 'de santé, des prises de jalap ou d'aloës...

Malheureux ! arrêtez, il en est temps encore, — écoutez les conseils d'un ami, d'un médecin, d'un gastrosophe; vous ne pouvez pas manger ; eh bien, ne mangez pas ou peu; — que votre nourriture soit douce et légère, faites de l'exercice, — et buvez, à tous vos repas, de l'eau de Saint-Galmier, seule ou trempée de vin : ne pas boire de l'eau rougie, au premier service, disait Brillat-Savarin, c'est sacrifier la jouissance future à l'orgueil présent.

Que de gastrites j'ai eu le bonheur de prévenir, à l'aide d'une semblable recommandation !

L'eau de Saint-Galmier, — c'est l'amie la plus dévouée à cette dixième muse qui préside aux jouissances du goût et qu'on a nommée GASTÉRÉA.—Votre estomac est mou, paresseux, débile pendant les ardeurs de l'été, — l'eau de Saint-Galmier, par sa fraîcheur inaltérable, par la coquetterie de son principe gazeux, le rafraîchit, le caresse et lui rend son activité première.—Votre estomac est las, par excès de gentillesse; — cette eau le corrobore, en favorisant sa contractilité; elle vous rend apte à dîner, comme si vous n'aviez pas déjeûné, et à souper même, comme si vous n'aviez pas diné.....—Votre estomac est malade, impotent, — d'une façon chronique, à désespérer la médecine; — la même eau le console et le prépare, avec quelques précautions, à un régime de plus en plus analeptique et réparateur. — Enfin, ce pauvre estomac, affranchi des sangsues et de l'eau de gomme, entre en convalescence; — c'est encore l'eau de Saint-Galmier qui tempère ses ardeurs trop prématurées et conjure les rechutes.

Aussi, comme la réputation de cette eau grandit vite et partout! — Elle figure indispensablement sur la table de l'homme du monde, riche, sensuel ou valétudinaire, qui prend au sérieux les jouissances d'une bonne digestion :

> Doux plaisir qu'un besoin, sans cesse renaissant,
> Rend toujours plus aimable et toujours plus piquant.
> (BERCHOUD.)

Dans nos bals et *raout*, c'est-à-dire dans toutes ces réunions où l'on s'échauffe les uns par les autres, — en dansant et même sans danser, — attendu que la mode, qui n'est pas forte sur les lois de la physique et de l'hygiène, veut qu'on entasse dans un salon, deux ou trois fois plus d'invités qu'il ne peut en recevoir; le besoin de boire et surtout de boire bon et frais, se fait impérieusement sentir....

L'art s'est ingénié pour composer des rafraîchissements et rétablir, tout en flattant notre sensualité, « l'équilibre entre la vaporisation transpiratoire et la nécessité d'y fournir.» Or, depuis la bière qu'on attribue à Osiris, le *manaja* et les sorbets qui aous viennent de la voluptueuse Italie, jusqu'à cette liqueur américaine que l'on commence à humer, à Paris, avec un éiégant chalumeau, — une seule boisson peut exempter d'un refroidissement quelquefois mortel, l'imprudente danseuse qui satisfera le plus vif des besoins, celui de la soif; — l'expérience a démontré, en effet, qu'on peut boire l'eau de Saint-Galmier,—IMPUNÉMENT, alors même que le corps est baigné de sueur.

Eh bien! — qu'on le sache et qu'on se le dise, — afin que la plus friande moitié du genre humain en profite; — un mélange de cette eau naturelle gazeuze avec le sirop d'orgeat est, de toutes les gâteries liquides du plateau, celle qui est la plus suavement fraîche, la plus digne, en un mot, de caresser les papilles d'une jolie bouche (1).

Pendant les ardeurs de l'été, on demande l'eau de Saint-Galmier, on la recherche dans les cafés, les hôtels et les restaurants; — elle s'acclimate très-bien, par de là les mers, et y fait de faciles conquêtes; M. Badoit l'expédie depuis plusieurs années en Italie, en Grèce, à Batavia,

----

(1) Apicius fit secte pour avoir trouvé le moyen de conserver les huîtres fraîches; — en ce temps-là, l'inventeur de la *Galmiérine* aurait obtenu une province; — qu'il obtienne l'un des sourires de béatification qui vont accueillir l'essai de sa découverte, et il ne regrettera pas sa province....

dans l'Algérie, à l'île Bourbon et dans la plupart de nos colonies.

L'eau de Saint-Galmier, comme boisson, fera le tour du monde....

Je laisse au médecin-inspecteur la tâche de diriger les malades dans l'administration de cette eau; seulement, je dois dire et recommander qu'il faut autant que possible, la boire comme médicament, à son premier jet; — le premier verre d'une bouteille de champagne est toujours le plus riche en gaz, et par conséquent le meilleur....

Boire toujours et à telle heure, — recommencer à telle autre, — boire sans cesse et sans soif, — voilà ce qui a été comparé par un buveur anglais, au supplice du *treadmill*: on est délivré de ce supplice à Saint-Galmier.— Ce n'est pas, d'après la formule, qu'on boit cette eau si limpide et si agréable, le plaisir vous y invite. — Pas de régime sévère, peu de douches, point de *vaporarium* et de toutes ces cérémonies que madame de Sévigné eut raison d'appeler une *bonne répétition du purgatoire*.

Saint-Galmier, comme tous les autres établissements d'eaux minérales qui jouissent d'une certaine réputation, est en progrès, mais à moins de frais. — On n'y trouve pas, comme à Baden, Vichy, Tœplitz, ou Carlsbad, de somptueux hôtels, mais des pensions propres et confortables; — de beaux jardins et des parcs princiers, dessinés par la main des hommes, mais les bords riants de la Coise et du Lignon célébrés par Honoré d'Urfé, dans son roman de l'*Astrée*; — mais des vals ombreux, solitaires, accidentés, au nord de la ville où le promeneur peut s'égarer et rêver,... à tout ce qui lui plaira; — mais de nombreuses courses, intéressantes pour le poète, pour l'artiste et pour le savant, qu'on peut faire, entre deux repas, dans les environs de la ville et que je vais seulement indiquer :

A quatre kilomètres S.-E. de Saint-Galmier, dans la commune même, une mine de sulfure de plomb qui n'est pas encore exploitée.

La ville de Saint-Etienne avec ses manufactures, ses édifices publics, son Musée industriel et son aqueduc romain.

La ville de Montbrison, chef-lieu du département de la Loire, où l'on arrive également par le chemin de fer, — ville très-ancienne mais rajeunie ; du haut de la montagne dite du Calvaire, un des plus beaux panoramas de France ; — monuments publics à visiter et l'orgue de la cathédrale à entendre.

La ville de Feurs, — ancienne capitale du Forez ; — beaucoup de débris qui attestent son ancienne splendeur sous les Romains.

Les ruines du château de Montrond, sur la rive droite de la Loire.

Le Mont-d'Isoure, — son temple d'Isis, dont le culte fut apporté de l'Egypte dans les Gaules, — plusieurs statues de la déesse, des vases, des médailles, des Harpocrates et des Mercures.

Les ruines du château de Marclop (*Marclopeium*) sur les bords de la Loire.

Les ruines encore poétiques de la forteresse de Saltz en Douzy, près de Feurs, où erre la grande ombre du connétable de Bourbon.

Le château de la Bâtie, de tous les châteaux du Forez, le plus intéressant à visiter. — Site très-pittoresque. — C'est là qu'Honoré d'Urfé écrivit son *Astrée*.

Saint-Rambert, avec ses tours, ses bastions, ses poternes et ses remparts du XII<sup>e</sup> siècle. — Son église, une des plus anciennes de la contrée, fut un temple élevé par les Romains, à Cérès.

Le château de Grand-Jean, visité par tous les artistes, à cause de sa position romantique, dans une anfractuosité des montagnes de l'Auvergne.

Le château de Bouthéon, — débris importants, — souterrain qui passe sous la Loire, tapissé de belles stalactites, et qu'on peut visiter.

— Mais docteur, je vous en prie, me dit M. Badoit, en venant m'avertir qu'il fallait déjeûner et partir, — parlez donc un peu aux buveurs qui n'aiment pas ou ne peuvent pas courir, des commodités de la vie vulgaire et des distractions que je puis leur procurer à Saint-Galmier.

— A ceux-ci je dirai qu'on trouve, à Saint-Galmier, et surtout à l'*Hôtel des Eaux minérales*, tenu par M. Badoit, dans le voisinage de la source et de la promenade, — *bonne table, bon gît et bon lit;* des journaux multicolores, — un billard, — un piano, — enfin tous les objets réclamés par les habitudes de notre époque, etc.

— Est-ce là tout votre programme, Monsieur Badoit?

— Tout, si vous ajoutez qu'on pêche dans la Loire de délicieux saumons et que nos buveurs en profitent.

— Bravo, Monsieur Badoit, voilà une ÉPROUVETTE GASTRONOMIQUE; — ce trait d'esprit vous portera bonheur!

Nous aurions plus longtemps causé, mais il fallut partir. — Pour revenir à Lyon, j'eus d'abord la velleité de prendre la voiture à Montbrison, et de compléter ainsi l'itinéraire commencé de Lyon à Saint-Galmier.— Mais, en l'absence d'un médecin, les heures sont comptés au chevet de tant de malheureux qui souffrent, que je me résignai à les économiser, en reprenant la voie ferrée.

Eh bien! me disais-je en partant, le temps consacré
à cette excursion médicale, ne sera pas perdu, si, en
lisant ces quelques pages j'ai le bonheur d'inspirer au
public mon estime et ma confiance aux bonnes eaux de
Saint-Galmier.

# DÉPOTS GÉNÉRAUX.

A PARIS, chez M. d'Esebeck-Guitel, rue J.-J.-Rousseau, 12.
— — Mᵐᵉ veuve Boncompagne, rue J.-J.Rousseau, 20, ancien grand bureau d'eaux minérales.
— — MM. Page, Blondeau et Guitel, rue des Billetes, 5, entrepôt général d'eaux minérales naturelles.
— — M. Lescun, rue de Choiseuil, 8 bis, près le boulevard des Italiens.

## DÉPOTS.

A Lyon, chez MM. Benjamin Richard, rue Buisson, cour du Jardin.
— — Vernet, pharmacien, pl. des Terreaux.
— — Deschamps et Gros, pharmaciens, rue Saint Dominique.
— — Vezu, pharmacien aux Brotteaux.
— — Bernard, herboriste, place des Carmes.
— — Boissonnet, pharmacien à la Guillotière.
— — Lardet, pharmacien, place de la Préfecture.
— — Guillermont, pharmacien, rue Grenette.
— — Vallat, pharmacien, place des Cordeliers.
— — Rigollier, place Saint-Jean, 3.
— — Vally, négociant, montée du Chemin-Neuf, 1.
— — Crolas, pharmacien à Saint-Just.
— — Bertrand, pharmacien, place Bellecour.
— — Buisson, ancienne pharmacie Gavinet, rue Louis-le-Grand.
— — Vial, pharmacien à Vaise.
— — Louis Roux, quai Humbert.
— — Mauguin, pharmacien, rue Bourbon.
— — Moretton, rue de la Sphère, 5.
— — Verpilleux-Millou, épicier, rue Confort, 3.
— — Loye, rue Saint-Marcel.
— — Maitre, quai et près de l'Archevêché, 30.
— — Jules Pion, cours de l'Egalité, 2, près le pont Morand.
— — Richard, successeur de Vallin, pharmacien, rue de la Gerbe.

| | |
|---|---|
| A Mâcon . . . . . | . Marin , quai du Nord , 18. |
| A Châlon-sur-Saône . | . Veuve Routi et Martin, pharmaciens. |
| — — | Duchâtel, pharmacien , rue aux Fèvres. |
| — — | Boissenot fils, pharmacien. |
| A Besançon . . . . | . C.-F. Rouge aîné , nég. , Grande-Rue. |
| A Belfort . . . . . | . Paillard , confiseur. |
| A Mulhouse . . . | . Schwartz fils , rue des Boulangers , 27. |
| A Bâle (Suisse) . . | . Em. Ramsperger, négoc. , rue Franche· |
| — — | Mieg fils, pharmacien, près la douane. |
| A Strasbourg . . . | . Jacquot , place Marché-aux-Herbes. |
| A Dijon. . . . . | . Viallanes, pharmacien. |
| — — | Ménéval, pharmacien. |
| A Saint-Etienne . . | . Domergue, limonad., rue de la Comédie. |
| — — | Bastide frères, pharm., pl. Nationale. |
| — — | J. Peyronnet, rue des Gris, 25. |
| — — | Marconnet-Courbon, rue Nationale. |
| A Montbrison . . . | . Pitiot-Tissier, négociant. |
| — — | Veuve Vernet, marchande épicière. |
| — — | Barge , rue Tupinerie. |
| A MARSEILLE . . | . **G. Laurens**, pharm. sur le Cours, 2. |
| — — | A l'Entrepôt général, rue Mazade, 34. |
| A Roanne. | Mercier, pharmacien. |
| — — | Eugène Roubaud, pharmacien. |
| — — | Lacollonge-Renaud , pharmacien. |
| — — | Griziaux , pharm., success. de M. Barbe. |
| — — | Bourbon , marchand au Côteau. |
| A Sury . . . . . | . Rolland, maître d'hôtel. |
| A Feurs. . . . . | . Veuve Rang , marchande épicière. |
| — — | Triomphe-Duffier, march. épicier. |
| A Rive-de-Gier . . | . Benoît Combe , marchand voiturier, rue du Mouille. |
| A Tarare . . . . | . Goutefard, épicier. |
| — — | Turin, pharmacien. |
| A Bourg-Argental. . | . Veuve Defour, marchande drapière. |
| A Saint-Chamond. . | . Berlier (Joannès), pharmacien. |
| — — | Olagnier, pharmacien. |
| — — | Moulin , marchand voiturier. |
| A Cluny près Mâcon . | . Leschères, hôtel de l'Etoile. |
| A Annonay. . . . | . Charles Dufour, pharmacien. |
| — — | à l'Hôtel-Dieu. |

A l'Arbresle . . . . . Félix Duperray, confiseur.

A St-Bonnet-le-Château . Corveil, maître d'hôtel.

A Mornant. . . . . . à l'Hôtel-Dieu.

A Voiron . . . . . . Brun-Buisson, pharmacien.

A Pont-de-Vaux . . . Pacotte, pharmacien.

A Craponne . . . . . Durand, pharmacien de l'Hôtel-Dieu.

—    —        Aubergier, pharmacien.

A Givors . . . . . . Pierre Chiron, épicier.

A Vienne . . . . . Eymin fils, nég., place de la Caserne.

—    —        chez MM. les pharmaciens.

A Lons-le-Saulnier . . Passaqay, docteur-médecin.

A Salins . . . . . . Duret, négociant, rue d'Olivet, 20.

A Gray. . . . . . . Iselin, pharmacien.

A Bourg . . . . . Cartaz, pharm., success. de M. F. Gay.

A Villefranche. . . . L. Guittard, confiseur.

A Arles-sur-Rhône . . Viaud, Blanc et Cᵉ, commissionnaires.

A Brignoles . . . . A. Maille, pharmacien, place Carapey.

A Saint-Martin-la-Plaine. Raymond fils, négociant.

A Saint-Martin-en-Haut. Martinière, hôtel de l'Union.

A Thanu (Haut-Rhin) . Schœuffele, pharmacien.

A Carpentras . . . . Ulpat, pharmacien.

A Genève (Suisse) . . A. et P. L. Morin, pharmacien.

—    —        Eugène Bonneville, pharmacien, Grande-Rue, 16.

A Grenoble. . . . . Jacquin, pharm., rue Lafayette, 10.

—    —        Guillot, pharm., success. de M. Savoye.

—    —        Eug. Dupont, marchand épicier, rue des Vieux-Jésuites.

Au Puy (Haute-Loire). . Chas, directeur de la halle aux grains, Saint-Pierre.

A Clermont-Ferrand . . Gonnot-Penissat, pharmacien.

A Valence. . . . . Guichard et Daruty, pharmaciens.

A Nîmes . . . . . Vidal de Lacourt, rue des Marchands, maison Faugier.

A Sommières (Gard) . . Ribeyron, propriétaire, buraliste.

A Montpellier . . . . Sanguinède, pharm., Grande-Rue, 13.

A Toulon-sur-Mer . . Mittre, pharm., rue Bonnefoi, 2.

—    —        Michel, pharmacien.

—    —        Denis Ricoux, pharm., pl. Saint-Pierre.

—    —        Honoraty, pharm., membre du jury médical du Var.

A Châtillon-les-Dom.(Ain).Pirodon cadet, marchand épicier.
— — Chaudy, maître d'hôtel.
A Saint-Genis-Laval . . Victor Rochet, limonadier.
A Avignon. . . . . Hyp. Cassin , pharm., rue Orangerie.
A Romans . . . . . G. Marchand, phrmacien.
A Tournus. . . . . Joanny Lacôte, pharmacien.
A Charolles . . . . S. Zuan, confiseur.
A St-Symphor.-sur-Coise. Guiraud, teinturier.
A Saint-Paul-en-Jarret . Jacques Arnaud.
A Alger. . . . . . Mathieu Bruel, confis., r. Neuve-Mahon.
A Batavia . . . . . Jacques Lotz , planteur.
A l'Ile-Bourbon . . . Mathieu , négociant.
A Nice . . . . . . Loni frères, négociants.

www.ingramcontent.com/pod-product-compliance
Lightning Source LLC
Chambersburg PA
CBHW061618180626
46818CB00005B/2127